詩集　まだ空はじゅうぶん明るいのに　伊藤悠子

思潮社

まだ空はじゅうぶん明るいのに

伊藤悠子

思潮社

目次

装画＝伊藤武夫　装幀＝稲川方人

まだ空はじゅうぶん明るいのに　伊藤悠子

焼かれていく

秋が焼かれていく
冷気に焼かれていく
木の葉が赤く焼かれていく
冬が焼かれていく
十二月になっても花をつけている朝顔が焼かれていく
青かった花はいまでは赤みがかり
蕾も焼かれていく　茶色く
あしたはそれでも咲く

焼かれたまま日ごと咲く
満天星《どうだん》が焼かれていく
においもたてず
けむりもたてず
赤々と
冷気に焼かれていく
声もたてずに
この世の冷気に
焼かれていく

あした思いきってだれかに手紙を書きます
あさっても書きます
思い出してみます

ボーク・エリカがそうしたように

I

『ニーチェの馬』を観た
一日目
二日目
と刻まれていくが
そのいずれの日もすさまじい風は吹きやむことなく
たよりの井戸は、

たのみの馬は、
そして六日目は来る
長い映画はすとんと終わった
ここで終わるのか　ここで
窓の外を見つめる
ボーク・エリカ（劇中名前を呼ばれたことがあったか）がそうしたように
いいえ、ボーク・エリカのようには見つめていない
デルジ・ヤーノシュ（父さんと呼ばれた）がそうしたように
おそらくあのような背中を私は持ち
窓の外を見つめる
外は雪が静かに降っている
「朝はやがて／夜に変わり／夜にはいつか終わりが来る」
とボーク・エリカは文字を指でなぞり声に出し本を読んだ
あなたは疲れた馬にやさしかった

映画の最後の日
一夜で年老いて空の皿に両手を添えて
あなたは死んでいく馬にどこか似ていた

窓の外を見つめている人がいる
ボーク・エリカがそうしたように

II

荒野のあの木は二本に見えるが
根元のあたりで繋がっていて
おそらく一本なのだろう
木は動けない

木の葉を吹き散らすだけ
父と娘もあの木のようなもの
娘役のボーク・エリカが
窓の外を見ている
あの木の位置から撮ったのだろうか
とおく小さい
窓枠にすこし顔を寄せて
少女のようなボーク・エリカ
動けないのだ　彼女も
あの木のごとく
嵐にも　静寂にも
動けない
一夜で
年老いたように呆然と馬に似ていったボーク・エリカより

窓辺に坐りこちらを見ているときのボーク・エリカ
小さなボーク・エリカを
私は見ている
ボーク・エリカはこちらを過ぎはるかな果てを見ているのか
あの木を見ているのか
窓があるから見ているのか
名前を知らない少女よ
静かに今、雪が降っているのが見える？

湖岸

銅版のような湖がある
岸辺の菜の花の群れのなかにいて
菜の花は私と同じ丈だ
菜の花の黄色が揺れ
おかしいのか
うれしいのか
菜の花は交差しながら笑いかけてくる
湖には波ひとつない
菜の花には笑い返せなかった

また会おう

二〇一一年三月十九日午後二時、三日前に亡くなった義母の納棺のために家族親戚が集まる。私は兄嫁と左右に分かれ手甲をつけた。指の下をくぐらせて上でしっかり結んでください。納棺師の声はしめやかだ。しっかり結んでから一礼して退く。納棺を終えて兄弟だけになり棺のほとりで車座になる。こういう葬式はおふくろで最後になると思う。長兄が言う。六人がうなずく。自分の死ぬときをそれぞれほっそりと思っているのだ。雲が流れていく。私たちは流れていく。くっついたり離れたりしながら流れていく。さようなら。

知人でも友人でもなく私たちは家族だったみたいね。それから健康法の話。ピロリ菌の話。添加物の話。震災のことはあまり言わない。もう夕暮れ。二十四日また会おう。手を振りながら別れていく。二十四日通夜。肌寒い暮れ方弔意の何百もの人が会場にひたひたと傾く。義母は微笑んでいる。通夜ぶるまいが終わる。おいしかったね。おかあさんに食べさせてもらっているみたいね。昔のように。もう夜更け。明日また会おう。明日は早いよ。告別式。火葬場。扉が閉まるとき血のつながる者だけに走っていく何かがある。これで。これが。私はただ手を合わせみつめている。壇払いが終わる。ご馳走さま。おかあさん料理上手だったね。おかあさん譲りの同じようなものを食べているうちに私たち似てきたかもしれない。四十九日にまた会おう。墓の改修工事もそれに間に合うよ。家に帰れば坐して窓から庭を見るしかない。悲しみを底辺として三角を成すように十八本の白い西洋水仙はうなだれている。一本の白いチューリップがそのかたわらに立っている。細い茎の先のはなびらで手を合わせている。その向こうはしんしんと闇。四十九日忌。納骨。新しい幾枚もの卒塔婆を少年が掲げ持って。そして会食も終わった。もう遅い春の午後。終わったね。とうとう終わってしまった。お疲れさまと散っていく。春の午後はあてどなく広い。歩行者天国では祭りをやっている。どこかでまた会うかしら。どこで会ってもなんとなく似てきたから判るわね。おにいさんたち。おねえさんたち。この世はあてどなく。

それからひと月ほどして梔子《くちなし》の木を一重の梔子の花が覆った。だれかを包んであげたいような白い布。包みきれないことでしょう。あまり多くて。それからひと月もしないで夏が来てさびしく気づいた。亡くなった義母のほとりに避難していたから過ごせた今年の春だったのだと。私の、あるいは私たちの、避難所だったのだと。

大きな雲が夏の空を動かない。

衣類を身につけた一枚の木材は

衣類を身につけた一枚の木材は
幼子になっていた
他の子と変わりはなかった
数えきれないほどの年月がたって
掘りかえされたのだろう
砂漠の墓
木材は幼子ほどの大きさだけで
ただそれだけにしかすぎないというのに

幼子になっていた
みつからない
さがせない
世界は途方もない
親はその子ほどの木材にその子の衣類を着せて弔ったのだろう
数えきれないほどの年月がたって
その子のことも
別の子のことも
その国のことさえ
だれも知らないほど年月がたって
掘りかえされたのはかなしみ
瘢痕のように
かなしみ
砂漠に吹き放たれていく

どんなに可愛いかったことでしょう
どんなにさがしたことでしょう
木材は
板切れといってもよい木材は
そこはかとなくありありと
幼子になっていました
私にも一目抱かせてください

影

フキは枯れると
葉も茎も黒ずむ
長い茎はしんなりと
大きな葉はカシャカシャに黒ずむ
というよりもはや黒である
枯れたフキがそこかしこに
もたれかかっていた
うなだれていた

中目黒という駅だった
中目黒はこんなに暗い駅だったかと思っている
ホームをまちがえたらしい
別のホームに行きたいのですが
駅員らしく立っている人にたずねると
身振りで答えた
Lの印がその方向を示すらしい
地面にLの印がある
そのわきを通ってから地下道を行く
ゆるやかな白い布をまとった人たちが
両側に横たわっていて
ある人は顔をあげて見つめる
白い布を踏まないように歩く
別のホームも先のホームと似ている

遠くに大きな人影が見えたので
明瞭な声をととのえて言った
声はひとすじ渡っていった

わたしは負けました

不法投棄

山中
舗道脇の草叢に
数体の冷蔵庫が横たわっていた
なじみのあるフォルムだ
冷凍室
冷蔵室
傍に菫が点々と咲いている
強風に短い茎が折れまいとしなっている

きょうは晴れているが、昼前から風が強い
七尾原から岩戸山の方向に歩いてきたつもりだった
道はあるのだから
まだまだ登るつもりだった
行くな
もうこの先には行くな
と冷蔵庫たちが告げる
山中で旧い知人たちに会ったような気持ちだ
菫よりもなぜか懐かしい
横たわっているだけで変わらない
卵を十個入れるところもきっとそのままだ
知人たちはだいぶ前からここにいる
岩戸山には行かないことにした
名前を知らない山と山との間に小さく見える海を見ながら

坂を下った
お互いに風の中だった

埴生の宿

親子であった
父はフルートを吹き
その傍らに坐って少年が本に目を落としていた
秋の午後のペデストリアンデッキでのこと

埴生の宿を聴き終えてから
少年の前にある箱に小銭を入れると
少年は急いでポシェットから飴を取りだし渡す

特濃牛乳8・2
飴の名前だ
ありがとう
と言うと
どうぞお気をつけて
父親は
空へと向けていた顔をこちらに向け
祈りのような声で言うのだ
ただそれだけのこと

それでもそれから
ペデストリアンデッキが優しいものに思えて
フルートを吹く目の見えない父と
傍らで本を摑みながら読書している子を

ペデストリアンデッキはその無骨な腕に乗せて
ペデストリアンデッキは優しいものに思えて
それだけのことなのだけど

空の味

サクランボが好きなパヴェーゼは
はしりのサクランボは空の味がすると言っていたそうだ
なんど食べてもそんな気はしないが
幼い日のあの夕べ見たサクラの木に生る実なら
そういう味がするかもしれない

石段の一番上の段に腰かけて
切り通しをはさんだ向こうの丘の一本のサクラの木をみつめていた

あの暗い夕べ
近所の大人たちは子供たちがいつまでも外にいることに関心がなかった
関心は猫いらずを飲んで自ら亡くなったひとにあったから

そのサクラは花が散って葉影が濃くなる頃赤い実をつけた
その実を食べたことはなかった
近所の静かなおばさんだった
静かなおばさんのうちに行き
静かなおばさんと静かな坊やと気が強いが静かな子供だった私は
静かなひとときをよく過ごした

おばさんは死んでしまった
石段の一番上の段に腰かけて
向こうのサクラの暗がりにみつめていた

あれが私にとっての初めての死

あら、ユウコチャン、遊んでいく？
ええ
夕闇に紛れていく赤い実は空の味がする
なすすべもなく

滔々と坂道

この坂道が好きだ
ゆるやかな傾斜
ゆるやかなカーブ
小さな子にフリルのついた洋服（フリルがとても好きだから）と絵本を
きょうはその子の誕生日なのだ
その兄にTシャツと宇宙の本（ペガサスがとても好きだから）を
留守の家に置いて帰る坂道
キンシバイが花をつけ舗道にまで流れ落ちている

トウカエデの並木は電線をつらぬいて高くそよいでいる
電線も儚いものに思える
あはれ電線にトウカエデながれ
のろのろと歩けば
死ものろのろとやってくると
きょうは思おう
のろのろと坂道を下っていく
バス停に着いたらやってきたバスに私をしまう
私のいない坂道は
なぜか明るい
気持ちすずやか
そんな気がする
滔々と坂道

雨が降っている

雨がしずかに降っている
七年が過ぎて公園が遠くなったことを
その雨のように知る
遠い知らない公園にも雨が降っているだろう
今日はあの二人の小学生もきていないだろう
自転車で公園に行くんだ
ブランコをどっちが高くこげるか競争するんだ
仲良くなれて喜んでいた男の子

あんな笑顔は見たことがないほどに喜んでいた
友だちができたのだ
また遊びにきてね
と言って飛び出していった
二人なら一人よりも遠くに行けるね

窓の外の公園に降る雨を見ながら思う
そこでブランコに小さな子を座らせて押していた日のこと
そして遠い知らない公園に降る今日の日の雨のこと

小さいわたくしの知恵

赤い浴衣を着せてもらい
夏祭りにきている子は
祭りをたのしんではいるが
いっとき逃れているということもある
このあいだの土日の夜は遠い団地の夏祭り
こんどの土日は近くの商店街の夏祭り
次の土日もどこかであるだろう
八月が終わるまでどこかでやっててくれるだろう

寝かしつけるため
揺籃《ゆりかご》のうたやシューベルトの子守唄をうたった
五木の子守唄をうたいはじめたら
お祭りのうた？
小さな子がとても小さな声で聞いた
それで私は炭坑節にかえた
月が出た出た　月が出た
お祭りでこんなのおどってた？
小さな子に聞くと
小さな顔を横にふる
他に思いうかばないので
寝たまま手のふりをつけうたった
月が出た出た　月が出た
小さな子も

ミッキーマウスのあそびうたを
指を出しながらうたった
一と一を合わせると
ピノキオ、ピノキオになるんだよ
二と二を合わせると
ドナルド、ドナルドになるんだよ
暗いなかで目をまんまるにして
でも、とてもとても小声で
どうしてそんなに小声なの
夜だからなの
いいえ
いいえ
知っているでしょう
これが小さいわたくしの知恵

こんどの土日も大好きなママは連れていってくれるでしょう
そうして大きくなっていきましょう

ひそやかに
夜、ふけていく

眠っているとき

ここにいてもいい？
見守っているつもりでも
見張られているようで落ち着かないかと思い
横になっている子にたずねる
いいよう
すこし微笑んで答えてから
向こうを向き
やがて眠ったようだ

熱を出しているときにも少年らしくなっていく

バラの枝がガラス戸をときおりたたく
今日は熱があるの
ママが仕事から帰るまでのお留守番
外は風が強いようだ
治ったら
自転車に乗って出かけていく
友だちをさがしに
遊べる？
いいよう
虫を捕まえたりボールを蹴ったり
小学校の話を教えてもらったり
空を見たりしながら帰ってくるのだ

二歳の頃　アザミと花の名を教えると
アサマ？　シンカンシェン？　と聞いていた高原には
今どんな風が吹いているのだろう

少年になりながら眠っている午後は時計もゆっくり回る

夏草

夕方近く
やっと涼しい風が吹いてきた
秋の風は夏草に吹きつけるよりも
ムスカリや水仙の小さな芽を撫でてみたいでしょう
コスモスの柔らかな葉をくぐってみたいでしょう
レースのように地面を織りあげた夏草を剝がす
茎に絡みついた夏草を解く
そうして

集めてポリ袋に入れても夏草は軽い
この夏　やっとゆきわたった水分
ふりかえると
低いところにも中くらいのところにも
秋風はかよい
あるいは夏草は護っていたのかもしれない
小さな芽を
柔らかな茎を　枝を
あんなふうにして夏中

根はきっと残っているから
来年も
夏になったら
また来るよ

たくさんの黄色

ない！　ぼくのパス
と小さく叫んでかけ戻る男の子
走らないで　危ないから
と追いかけている
パスは何色
黄色
たくさんの黄色
日の落ちた目抜き通りの歩道には黄色ばかり　ほがらかに

ほうぼうからの灯りで
桜の落ち葉さえこうこうと黄色
かさこそとたいへんな黄色

あれから幾月もたったのに
その歩道を行くとき
その子はふと言う
ぼくはいまでも探しているよ
路上に目を落とし
ランドセルに再発行された学童保育のパスをぶらさげながら

街角にさあっと
幾月か前の秋がはためくのは
そんなとき

青果売場担当

スーパーマーケットの青果売場で待っている
どこか似ている
お隣から野菜が届けられ母親が喜んでいるのを見て
「ぼくも大きくなったら野菜を作るひとになって友達の家に届けるよ」
そう言っていたという子は
野菜を作るひとではなく野菜を売るひとになったのか
「国産のレモンありますか」
「はい、これから荷をおろすところです。ちょっと待っていただけますか」
荷は下の方、奥の方にあるのだろう

だいぶ待った
「お待たせしました」
声が澄んでいるのも似ている
細面なのも似ている
「二個で百九十八円ですが」
ほのぼのと受けとってスーパーのかごに入れる
じゃがいも、かぼちゃ、トマト、ほうれんそう
きびきびと働いている
こうして生計をたてるまで大きくなったのだ
大きくなっていくのだ
スーパーを出ると
空の下の方、奥の方に
小さな雲がながれていた
いいことだってきっとある

オタトマリ沼

静まり返り
太古（そんな気がした）からの風が吹いている
オタトマリ沼のほとり
女のひとが切手を売っていた
北海道の花の切手
八十円切手と五十円切手
どちらでも一シートに二円切手二十枚おつけします
一シート買うと
二円からただになった白い兎が二十おとなしくついてきた

運命みたいなもの
兎の形をした雪が薄紫色の利尻島に降る
薄紫色の列島に降る
いつしかそれも残り雪
旅から帰って
からすのあーちゃん、げんきかな
またあおうね
あそぼうね
と書き添えて
ちいさなひとに葉書を出した
ちいさなひとの名前にならべて
花の切手の下に貼ると
兎は
きりりと

ひろやかに雲が

直に触れてはきっといけない
布を墓石にあて
洗礼名
氏名
年月日
そして年月日
とてのひらをあてていく
そしてもどり

洗礼名
氏名

カトリック府中墓地
ただひろやかに雲があたためている
白百合を持ってきました

返信

問いを抱えながら
カーテンを開けると
枝のあいだに
星がひとつまたたいて目が合った
これが問いへの返信と星は言う
今みつめているひとは君だけでないとしても
とおく問うたのは
君なのだから

まっすぐ受けとればよい
胸底ふかく受けよ

今日会った人

奥さん、ありがとう
とポストに投函してからお辞儀してその人は言った
なんのことだろう
その人が投函するのを待っていたからか
私も手紙を投函した
でも
ポストに着いたのはその人が先であった
忘れるところでした

奥さんが思い出させてくれました
私が手紙を手に持っているのを見て
自分も手紙を手に出すつもりだったと思い出したらしい
その人はスーパー三和の方に行った
私もスーパー三和に行くつもりだったが
東急ストアに行くことにした
あの人はスーパー三和に行くのではなく
あるいは行ったあと
海に行くのだ　きっと
海からはとおい土地であるというのに
海に行くのだ
いくど礼を言い
なんど謝り
なお舗石を辿るという視線を保ち　海までの

東急ストアの広場を横切っていると
海の匂いがする
海からはとおい土地であるというのに
いつか
海辺で会うだろう
今日の日のことなど忘れて
とおく離れて会うだろう
あそこに人がいる
そんな会いかたで
海

ベンチのひと

持っている衣類をおそらくみな着込んで
そのひとは公園のベンチに腰かけていた
じっと動かない
ボールを追って幼児がかけ寄る
鳩がすぐそばを歩く
そのひとは動かない
日はそのひとを暖めながらかげる
星はとおくゆっくりとそのひとをめぐる

汽車にも船にも乗らず
ベンチに腰かけこの世を旅しているひと

旅の荷造り

青い布製のスーツケースを押し入れから出す
これは1998年のイタリア旅行のために買ったもの
肌触りは良いが、底のキャスターの音がうるさい
イタリア人は気にしないと
石畳でも気にならなかったが
日本では音をたてないように
だいたい持ち上げて運ぶ
娘が一時暮らした覚王山に通うときもそうした

なんのためのキャスター
スーツケースの一番下に茶色のダスターコートを入れる
これは2001年のイタリア一人旅のために買ったもの
早春のベルボ川から吹き上げる風にあたった
次にアルパカのカーデガンを入れる
これはイタリア語を習い始めた1996年頃に買ったもの
イタリア人の先生に正統なカーデガンと言われた
爾来わたしもそう思う
正統でないものを包み隠して着る
次にマックスマーラーのスラックス
2000年の自治会主催の夏祭りの担当をこなすために買ったもの
スカートでは動きづらそうで初めて買うスラックス
まなじりを決して買った
屋台のやきそばを食べこぼしてシミをつけた

その頃より10キロやせてしまったのでこのあいだベルトを買ってきた
新しいベルトをだいぶ切ってもらった
ズボンをしぼりベルトの先をぴんと立てて歩いている老人に会った
おんなじだなあ
わたしは切ってもらったけれど
ベルトも入れる
次にえんじ色のツーピース
これは2003年の娘の結婚式のために買ったもの
上海は天空都市みたいだった
2006年9月の二人の姪の結婚式にも着ていった
盛岡とディズニー・シーと
身内だけどみんなきれいな花嫁さんだった
そのあとやせてしまったので上着の身巾を詰めてもらった
それからも衣類のなかで細っていくわたし

教会にいくとミサのときに人の背中が見える
肩にゆとりのある服を着ている老婦人たち
おんなじだなあ
こんどは着丈も身巾も自分で詰めた
船長主催のカクテルパーティーにどうかと
次にスーツケースの隅にスニーカーを押し込む
これもイタリア語を習っているときに買ったもの
イタリア人の先生が、ふくらはぎは第二の心臓だからよく歩くといいと言ったので
でもその靴を履くと足だけ早くいってしまった
もう足が速くいくことはないので釧路湿原を歩くときにどうかと
足も細くなったけど　靴紐でなんとか
こうして詰めているスーツケースも宅急便で運んでもらう
六月、レブンアツモリソウの開花状況を伝える文に
「終わりかけ」とあった

ストレートだ
正直だ
おんなじだなあ
と言ったら
笑われる、きっと
花に自分をたとえるのかと

2014年秋
衣類をとおりすぎていくわたし

竜宮城

知らせてくれた人に礼を言わないと
六階までかけのぼっていく
厨房で調理している人に礼を言う
タイやヒラメや
階段を下りるのだが
急いでいるのだが
階段にも皿があり
タイやヒラメや
下りなければ

急がなければ
やっと一階に
一階のトイレは外部の人も使えるようだ
異国の旅行者が入っていくのが見えた
カリフォルニアの海辺にぽつんとトイレがあった
母と女の子が掃除をしていて
女の子がうつむいたり海を見たりしていた
悲しくって食べるしかなくて
タイやヒラメや
海の底みたいなさびしい高さの建物からやっと離れ
急いで閉じていく

わたしはどこに

と思うと
そこは見知っている老いた皮膚の砂浜だった
温かい　なつかしい
よいところに寝ていた
目を開けて
時計を見ると分針が7から8へと動いただけだった
わずか5分
短い夢だった
つつましく生きて2分
浮かれて5分
浦島太郎は
浜辺に戻り玉手箱を開けて
取り残されたようになっても
あとは1分ほど。

待っていれば。

白水仙

古くてしめっぽい木箱のすぐわきに
白水仙が咲いている
植えかえよう
のびのびと育つように
だいぶ掘ってやっと球根にシャベルがあたった
こんなに深くだれが球根を埋めたのか
身に覚えがないこと
球根がむきだしに白い

そばに芽だけ出ているのもある
すでに葉になっているのもある
それらの球根には
もっともっと掘らないと届かない
穴はもう木箱と同じくらいの深さになっていた
地下で水仙が層をなしている
深く白く堆積して
地下で白く咲いて

「遺骨収集の作業を加速させます」

ランナーズ・ハイ

ランナーズ・ハイをまって走っていると
木々がたおれたり傾いたり
廃屋のような林があった
空いたところに消火器がざっと百本ほど
赤く立っていて
立っているものには使命がある
それをわからせるための赤でもある
わきにはたおされているものもある

終わったのだ
赤くてもだ
半月まえ
歩道のわきに鳥が上向きにたおれていた
廃屋のような林に
白いひとえのヤマブキが低くわたり
こんなものですが
と咲きはじめていた

泥と日

泥を吐いた
あかねさす日に向かって
声も泥
聞いていたのは声のぬしだけだった
あかねさす日に耳は無い
それでも「もう、やめて」それはないだろうと思う
耳があってもいきなりの
ぬばたまの闇とはならないような

日のひかり
じっと日のひかり

日よけ帽を深く被り家を出る
土日限定
衣料品・生活用品限定割引スタンプカードをもらい
おしろいと口紅を買い
向日葵を買った人と挨拶を交わし
家に帰り
すわりなおし
おしろいをはたき、口紅をぬった
向日葵の似合う人もいると思う
広いような白いような舗道で挨拶を交わしたっけ

日没

水脈を見て
海に船が傷つけたような長々としたもの
関門海峡で死にたい　あそこは飛びこめばあがらないそうだよ
祖母はメンチカツをメンチボールと言っていた
暑い夏の菊名という町
細くて硬い鉛筆で描いた夏の町
黒いコウモリ傘をさして黒い服を着て関門海峡へとは向かわず
メンチボールを買いに行ったね

立って歩く蟻
カクカク頭揺らして
拘束衣のような痛みの帯を腹に巻いて
わたしのことです
きれいな赤い布に惹かれて奴隷船に乗った少女もいたってね
海は広い
海は深い
もうだめだがねえ　こんなものがあるから
祖母はわたしの手を腹にあてて触らせた
たしかなものは触ってはこなかったけどそれから無事に死ねたね
太陽は空を薔薇色に
海を空色にして
沈んでいく
笑っているよう

たくさんのだれかに似ている
　おかあさま――
泣かずにねんね　いたしましょ
あしたの朝は　浜に出て
かえるお船を　まちましょう
あしたの朝　太陽は血の色を帯びて浜にあがるだろうに
歌のなかで低く待っていたね

日没　甲板はただ靴音コツコツ

＊引用した童謡は、作詞・清水かつら、作曲・弘田龍太郎「あした」。祖母が娘である私の母にこの歌を歌ってとよくたのんでいたという。

まだ空はじゅうぶん明るいのに

まだ空はじゅうぶん明るいのに
フェニックスも松も
影をなくしている
それでこんなに景色はしずか
海沿いのホテルの庭の
遊具の動物たち
ライオン、パンダ、ウサギ、カメ、イルカがみえる
五つでゆるやかな弧をえがいている

このしずけさにふさわしいものはこうしたもの
小さいひとを驚かさないようにいつも先にぼんやりと驚いているような
ライオン、パンダ、ウサギ、カメ、イルカ
いちども命がなかったもののおだやかさで
この星にいて

伊藤悠子（いとう　ゆうこ）

詩集『道を　小道を』（二〇〇七年　ふらんす堂）
　『ろうそく町』（二〇一一年　思潮社）
エッセイ集『風もかなひぬ』（二〇一六年　思潮社）

住所　〒二五二―〇三〇二　神奈川県相模原市南区上鶴間七―九―二―一一二

まだ空《そら》はじゅうぶん明《あか》るいのに

著者
伊藤悠子《いとうゆうこ》
発行者
小田久郎
発行所
株式会社思潮社
〒一六二―〇八四二 東京都新宿区市谷砂土原町三―十五
電話〇三（三二六七）八一五三（営業）・八一四一（編集）
FAX〇三（三二六七）八一四二
印刷
創栄図書印刷株式会社
製本
小高製本工業株式会社
発行日
二〇一六年四月三十日